U0100950

# 我和弟弟继续走

〔日〕小林丰／著·绘　　林 静／译

战争越来越激烈，我和弟弟依鲁糖离开爸爸妈妈，来到远方的爷爷家。
那段长长的旅行，已经过去一年了。

GUANGXI NORMAL UNIVERSITY PRESS

广西师范大学出版社

·桂林·

爷爷一个人生活，我们来了，他可高兴了。

每天晚饭后，爷爷总会给我们讲故事。讲那些遥远的国度，还有惊心动魄的海上冒险。

一天晚上，爷爷拿出一串旧钥匙，对我们说："老天爷快要来接我了。我也没什么可以留给你们的，就把这个给你们吧。"

在一个温暖的春日，爷爷就像睡着了一样，停止了呼吸。

邻居爷爷帮忙办了葬礼。

"真希望爷爷还能继续给我们讲故事啊！"

我们用爷爷给的钥匙打开了柜子。
"哇，来自世界各地的宝贝！"
依鲁糖兴奋地拿起了海盗望远镜。

我们又是两个人了。

家里剩下的食物不多，很快就吃完了。

"哥哥，我饿了。"

可是，我们没有钱买吃的。

我给爸爸写了一封信：

"爷爷去世了。以后我们该怎么办呢？您什么时候来接我们呀？不过，我们现在很好。不用担心。"

邮局的叔叔说："我会把信寄出去，不过，不知道什么时候才能寄到哦，试试看吧。"

"我必须出去找工作了。"

我们走遍了大街小巷。

依鲁糖迷上了望远镜。"这么看，镇子就变小了！"

哪儿都找不到工作。

傍晚，我们看到一个在路边摆摊的小孩。

"可以把货分给我们一点儿吗？"

"你们也没有大人照顾吗？好吧，用望远镜和我换吧。我给你们巧克力和打火机。"

"换这些东西，做什么？"

"傻瓜，卖了换钱啊。听好了，要是有人问，你们就说是和大人一起的。"

第二天，我们就照这个小孩教的，去车站卖货了。

趁售票员不注意，我们溜上了火车。

"嗨，要打火机吗？很容易打着哦。"

一开始，我们还有点儿不好意思，不太敢大声吆喝。

依鲁糖的巧克力卖得很好，可是不怎么挣钱。

慢慢地，我们的生意越来越好。

但是，每逢进货，爷爷留下的宝贝就会减少一些。

一天，邻居叔叔带着市政府
的人来了。

"两个小孩住在这里，这样下
去可不行。你们的爸爸妈妈呢？"

"没有人照顾你们吗？"

"……马上，爸爸就会来了。
他写信说，下个月就来接我们。"

我撒了个谎。

没过多久，爸爸真的来信了。

写了好几封信，一直没收到回信，很担心你们。

和爷爷过得好吗？

这里每天都很糟糕。我们美丽的城镇，已经完全变样儿了。

妈妈很好。她总是说起你们。

你们两个都长大了吧。期待见到你们的那一天。

战争马上就要结束了。一停战，我们就坐第一班轮船去接你们。这段时间，依鲁糖就拜托你了。

到那时，我们一起回家。

爱你们的爸爸妈妈

"我们的信，还没有寄到啊！"
"哥哥，什么是'停战'？"
"我也不知道。"
"爸爸为什么不能现在来接我们？"

每次买完吃的，就剩不下什么钱了。

"趁市政府的人没再来，我们去港口等爸爸妈妈吧。"

可是，我们买不起去港口的火车票。

"我们省着吃，存些钱吧，一直到停战。"

"可我肚子好饿，没法等到停战呀。"

今天，我们用爷爷的手表进了货。

"等见到爸爸，就用不着手表了吧。"

我和依鲁糖走进车厢，开始叫卖苹果和饼干。

这时，上来一个男孩和一个女孩。

女孩拉起小提琴，男孩唱起了歌。

"哥哥，这是爸爸唱过的歌！"

乘客们欣赏着两人的演奏，入了迷。

"像天使一样的声音啊。"

演奏完，他们向大家鞠了个躬。

然后，走到大家面前，收打赏的钱。

我和依鲁糖给了他们一些饼干和苹果。

"谢谢！苹果看上去很好吃啊！"

就在这时，门开了，售票员走了进来。

我们几个一齐跑进了旁边的车厢。

"听好了，转弯的时候，就从这里跳下去。"

火车开到山前时，速度慢了下来。

然后，缓缓地拐弯。

"现在跳！"

"使劲儿跳！"

我拉着依鲁糖的手，跳了下去。

"喂！你们停下！"

我们骨碌骨碌地滚下草坡。

然后，你看看我，我看看你，哈哈大笑。

女孩名叫安娜希达，男孩叫阿比。

我们成了朋友。

突然，依鲁糖哭了起来。

"怎么了？是不是磕到哪儿了？"

"饼干全碎了！"

"你们没地方去就来我家吧。"

阿比带着我和弟弟去了他们的村子。

"欢迎来到贾巴尔阿尔兹。"

"村名的意思是'语言的山'。村民们来自世界各地，说着各种各样的语言。"

"这里欢迎所有人。大家一起耕种，友好地生活。村子里还有学校呢。"

"我们以前也住在一个美丽的城镇，从我家可以看到大海。"

我们在阿比和安娜希达家住了下来。

我们和村子里的人一起，干起了农活儿。

耕地，播种，浇水，拔草，一忙就是一整天。

炎热的夏天过去，秋天来了。
我们种的粮食、蔬菜大丰收了。

今天，村子里庆贺丰收。

大家一起分享劳动果实。

广场成了大舞台。

大家表演起自己国家的歌曲和舞蹈。

不少乐器和舞蹈都很新奇。

我和依鲁糖也跳起了爸爸教的舞蹈。

我们完完全全是村子里的人了。

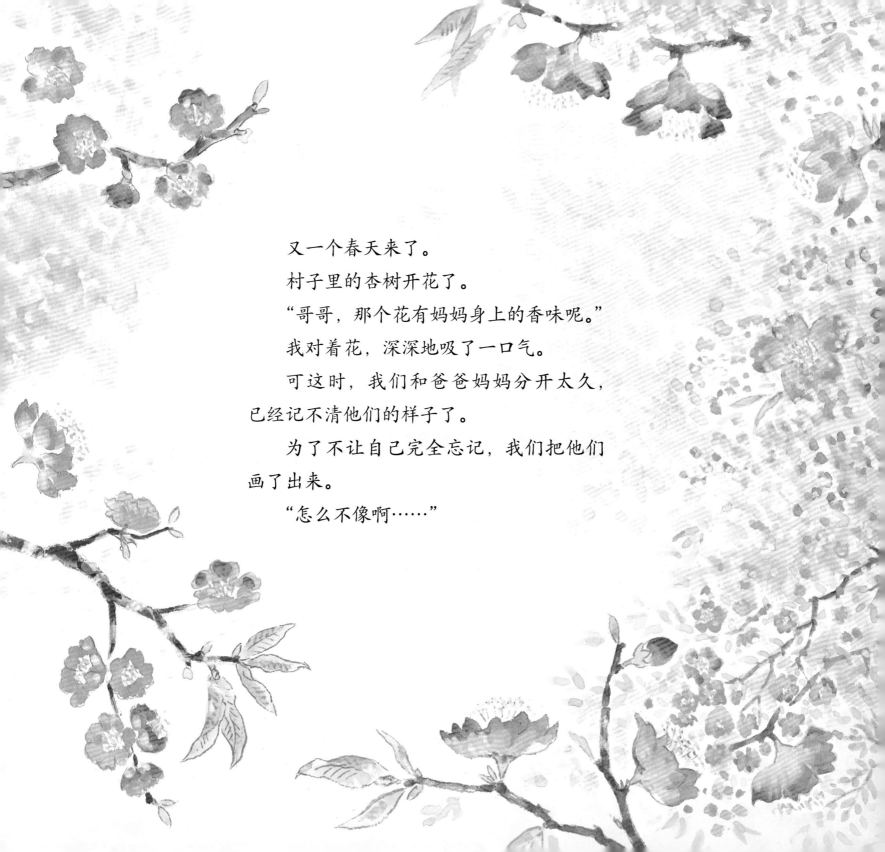

又一个春天来了。

村子里的杏树开花了。

"哥哥，那个花有妈妈身上的香味呢。"

我对着花，深深地吸了一口气。

可这时，我们和爸爸妈妈分开太久，已经记不清他们的样子了。

为了不让自己完全忘记，我们把他们画了出来。

"怎么不像啊……"

　　终于有一天，阿比跑过来说："停战了！战争结束了！"

　　我们和阿比、安娜希达，还有村子里的人一一道别后，
就马上奔向火车站。我们要坐车去见爸爸妈妈。

"去港口，这些钱够吗？"

我们在售票口拿出了所有的钱。

"你们就是那两个小家伙吧，一直很担心你们啊。"

是那个看上去凶巴巴的售票员。

售票员递过票来，说："路上小心啊。钱就不要了，就当是送给你们的礼物吧。祝你们好运。"

"谢谢！"依鲁糖抱住了售票员。

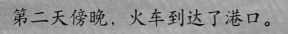

第二天傍晚，火车到达了港口。

到处都是等船的人。

船会来吗？爸爸妈妈真的会坐明天的船过来吗？

那天晚上，我们和大家一起，在港口仓库的角落里，等着船，睡着了。

清晨，雾笛声叫醒了我们。

码头挤满了等待的人。

雾气里，出现了一艘大船，慢慢向我们靠近。

"那艘船里，有我们的爸爸妈妈。"

船上也挤满了人。不过，我一眼就看到了拿着大大的行李、挥着手的爸爸妈妈。

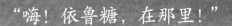

"嗨！依鲁糖，在那里！"

"在哪里啊？哪个是爸爸，哪个是妈妈呀？"

依鲁糖使劲握住我的手，朝着船大喊："爸爸！妈妈！"

爸爸妈妈的脸越来越近，越来越清晰了。

我和弟弟都长大了。大概爸爸妈妈都认不出我们了吧。

和弟弟走了这么久，我第一次流下了眼泪。

# 我和弟弟继续走

Wo He Didi Jixu Zou

---

出版统筹：张俊显

项目主管：孙才真

策划编辑：柳　漾

责任编辑：陈诗艺

助理编辑：窦兆娜　石诗瑶

责任美编：李　坤

责任技编：李春林

ぼくと弟はあるきつづける

Copyright © 2007 by YUTAKA KOBAYASHI

Original Japanese edition published by IWASAKI Publishing Co., Ltd.

Simplified Chinese edition copyright © 2019 by Guangxi Normal University Press Group Co., Ltd.

This edition arranged with IWASAKI Publishing Co., Ltd. through Bardon-Chinese Media Agency, Taipei.

All rights reserved.

著作权合同登记号桂图登字：20-2017-008号

图书在版编目（CIP）数据

我和弟弟继续走／（日）小林丰著、绘；林静译． 一桂林：广西师范大学出版社，2019.9

（魔法象．图画书王国）

书名原文：BOKU TO OTOUTO WA ARUKITSUDUKERU

ISBN 978-7-5598-1691-7

Ⅰ．①我… Ⅱ．①小…②林… Ⅲ．①儿童故事 – 图画故事 – 日本 – 现代 Ⅳ．① I313.85

中国版本图书馆 CIP 数据核字（2019）第 058924 号

广西师范大学出版社出版发行

（广西桂林市五里店路 9 号　邮政编码：541004）

网址：http://www.bbtpress.com

出版人：张艺兵

全国新华书店经销

北京盛通印刷股份有限公司印刷

（北京经济技术开发区经海三路 18 号　邮政编码：100176）

开本：965 mm × 1 050 mm　1/16

印张：2.75　　插页：8　　字数：46 千字

2019 年 9 月第 1 版　　2019 年 9 月第 1 次印刷

定价：44.80 元

---

如发现印装质量问题，影响阅读，请与出版社发行部门联系调换。

魔法象
为你朗读，让爱成为魔法！
The Magic Elephant Books

魔法象
图画书王国

导读手册

# 我和弟弟
## 三部曲

扫一扫，更多阅读服务等着你

GUANGXI NORMAL UNIVERSITY PRESS
广西师范大学出版社

# 即便阴霾笼罩，也要用力拥抱心中的色彩

周尤／南京艺术学院美术学院插画系讲师

色彩，为整本图画书奠定了基调，这既是视觉的基调，也是情感的基调，对情节的推进和情绪的烘托都会产生神奇的作用。在我翻开小林丰的"我和弟弟三部曲"之前，首先获得的信息是，这三本书中的故事发生在中东地区，是以战争为背景的。所以我有了先入为主的想象，认为一幅幅灰冷色调的战争画面即将在我的面前展开，整个阅读过程将会充斥着悲痛。有这样的设想，是因为一说到以战争为主题的图画书，我首先想到的是《铁丝网上的小花》，这本书便是巧妙运用色彩基调强化主题的典型。全书都用冷灰色调描绘冰冷的街道、冰冷的坦克、冰冷的枪口、冰冷的铁丝网以及铁丝网后人们冰冷的眼神，而与这冷灰色调产生强烈反差的，是红得刺眼的纳粹标志，以及铁丝网下开出的红色小花。

我起初认为描绘战争的图画书应该大多与《铁丝网上的小花》相似。抱着这样的想法翻开"我和弟弟三部曲"之后，我才发现自己错了，不禁感叹小林丰确实是调动颜色的高手，他笔下的世界竟如此斑斓：人们穿着鲜艳的服装，城镇里的建筑色彩分明，植物绿得深沉，花朵红得热烈，夕阳如火，夜晚幽蓝。

小林丰第一次到阿富汗，是 20 世纪 70 年代初。那时候，在他这个游客的眼中，这里的美景让人沉醉，这里的生活宁静祥和，这里的人们热情友好。就像他在《从我家可以看到大海》中描绘的一般，男孩的爸爸妈妈辛勤工作，努力在郊外的山丘，那片开着杏花的美丽土地上，盖一座能看见大海的房子。你注意到大海的颜色了吗？它不断变化着。书中第一次提到海水时，海水是清澈的天蓝色，虽然被建筑遮挡了大部分，却蓝得毫无保留，沁人心脾，我想那便是希望的色彩吧。当爸爸的工作蒸蒸日上时，海水呈现出与夕阳一样的火红，也预示着生活的红火。新家盖好之后，两个孩子从窗户眺望大海，海水反射着耀眼的光芒，是白色的。而这本书的最后，雨中的海水灰暗、沉静，彻底变成了灰色的波纹，这似乎预示着战争，以及即将要面对的分离。

小林丰第二次来到阿富汗时，战争爆发了，那记忆中的美好家园消失了，取而代之的是纷飞的战火，以及四分五裂的生活。在《我和弟弟一起走》的开篇，色调昏暗，两个孩子离家去南方投奔爷爷。他们小小的、孤单的身影触目惊心。但这昏暗的色调并没有持续很久，小林丰很快就用了大量绚烂的色彩，似乎在努力遮盖分离的悲伤。在盘山公路上，载着军人的绿色卡车和两个孩子乘坐的红色巴士都分外显眼。它们朝着两个不同的方向驶去，一辆绕过暗红色的山岩，奔赴战场，另一辆驶向明艳的黄色沙漠——两个孩子要去的方向。这片沙漠的色彩在小林丰的笔下也是不断变化的。白天，太阳发出灼热的光芒，沙漠呈现出的色彩黄白交错；夜晚，沙漠突然变得寒冷，颜色也转为深邃的幽蓝色。而当救援队出现时，五彩斑斓的沙漠好像宝石，似乎连它也在为脱困的人们欢呼。这段逃难的旅程就这样走完

# 走，和小林丰去看看外面的世界

柳漾／儿童文学工作者　周英／儿童文学博士　石诗瑶／儿童文学硕士

没有一篇导读能道尽一本图画书的秘密，所以，孩子也好，大人也好，多读一遍，总能有新发现。我们在这里开辟一个小小的空间，与您分享我们三人的阅读感受。所谓漫谈，其实事先略有准备，但我们更愿意保留兴之所至时的灵光乍现。而您与孩子共读时的收获，则是我们最为期待的精彩。

**柳：** 对于中国读者来说，小林丰并不陌生。他的图画书在中国已经出版了四五本。在读者心目中，他是一位"和平的使者"。我们这次推出的《从我家可以看到大海》《我和弟弟一起走》《我和弟弟继续走》也延续了其作品的一贯主题——和平与战争。这三本书可以称为"我和弟弟三部曲"，它们不仅内容连贯、主题一致，且具有相同的精神内核。

**石：** 小林丰出生于 1946 年，那时二战刚刚结束。在成长过程中，他亲眼看到了日本战败之后凋敝的境况。高中毕业后，小林丰游历了整个日本，读完大学，他又去了巴黎和伦敦。在那里，他看到了现代化城市的机械与单调，他不喜欢被规划得严严整整的城市，所以想返回日本。但这时，他没有足够的钱买机票，于是就决定徒步回日本。小林丰经过中东地区到达阿富汗时，那里还未遭受战争的侵袭，他看到许多美丽的风景。等他回到日本后，阿富汗变成了战场，很多人都说那是个非常恐怖的地方。但小林丰不这么认为——他亲眼看到过那个国家有多么美丽迷人，他想把自己看到的呈献给大家。于是他开始创作，画他记忆中的中东，画既有战乱又有和平的世界。

**柳：** 他与我们分享这些经验，其实是想提醒我们看到平凡生活的美好。就像他讲的，只有了解到战争的残酷，才能感受到当下和平的珍贵。我们很幸运地生活在一个和平的时代，但战争距这个时代并不是太遥远，而且即便是在现在，也有一些国家和地区仍然在经历战争。有时候，和平是相当脆弱的。我非常喜欢小林丰的作品，他让我们看到战争、思考战争，这对当下处于和平与安稳之中的中国小读者来说，也是非常有必要的。

**周：** 是的，无论对孩子还是大人，都非常有必要。人如果只关注自己眼前每一天的生活，就容易把自己的经历和情绪无限放大，无法摆脱当前的烦恼，或者认为自己现在的生活平淡无奇，且天经地义。但其实只要去了解一下历史，或者了解一下世界其他地方，就会发现我们经历的事情是一代代人经历过的；还会发现，在我们的历史上，或者在其他国家，战争从来都没有消失，没有远去。

小林丰的这套书给我们提供了一个重新思考战争的契机。战争对于人们意味着什么？战争又是什么？假如我们现在穿越到了春秋战国时期，那么战争是不是只意味着我们想象中的流血？或许，即便是在战争年代，生活也还在继续，这种生活里有喘息、有温暖，甚至有我们现在所享受到的快乐和幸福。在小林丰的作品中，我们会发现，战争是一个大背景，生活每天仍然在继续，而且其中不乏美好。

**柳：** 所以，在小林丰笔下，战争中的人们有独特的情味。小林丰从来不正面呈现战争是什么样的，

尔阿尔兹的村庄，这个词的原意是"语言的山"。从古至今，黑海周边就是一个多民族、多宗教、多语言交杂的地区。在巴尔干半岛战争中，有些人幸运地逃了出来，他们生活在一起，组成了一个个村庄，这些村庄就是贾巴尔阿尔兹村的原型。

**魔法象：** 除了"我和弟弟三部曲"，您创作的《世界上最美丽的村子——我的家乡》等很多本图画书都以小男孩为主角。常用小男孩做故事主角，是有什么特别的用意吗？

**小林丰：** 这个小男孩是我，也是你，是每一位读者，这些故事可以发生在世界上任何一个人的身上。我希望大家能从书中获得共鸣，读的时候会觉得这些事好像也发生在自己身上，所以我还用小男孩的第一人称视角来叙述。

**魔法象：** 在"我和弟弟三部曲"中，我们从满树的花联想到《世界上最美丽的村子——我的家乡》，从马戏团联想到《村里来了马戏团》，从婴儿的出生联想到《沙漠里的驴子》。这些相似元素的设置使您创作的图画书相互关联，您是刻意这样安排的吗？

**小林丰：** 我们常常用固有的观念想象其他国家的风俗，认为遥远的国家的习惯、服装、宗教会很奇异。但是，无论哪个地区，并没有本质的不同，他们和我们过着一样的平凡生活，一样吃饭、睡觉、欢笑和哭泣，世界是一个整体，所有人都互相关联着。

其实，与差异相比，大家相同的地方更多。有些东西只是看起来不一样，其实是一样的。比如大家虽然语言不一样，但是看见花儿时的欣喜与目睹生命诞生时的感动是一样的。人要先了解对方，才能感受到对方的快乐、悲伤和烦恼。

**魔法象：** 请给中国的小读者写一些寄语吧！

**小林丰：** 我希望孩子们能够对外面的世界更感兴趣一些、多关心一些。只有感兴趣，才想去深入了解，而了解、关心是喜欢、理解的开始。我们绝不是独自一人活在世界上的。怀着兴趣，去了解、去爱他人、土地和文化，你的世界会变得无比宽广。（马玲／译）

## 作者简介

### 小林丰（Yutaka Kobayashi）

日本著名图画书作家、画家。1946 年出生于东京。20 世纪 70 年代至 80 年代，游历世界各地。这段时间的体验对他日后的创作有着深远的影响。其著作有纪实文学《战争为何无法停歇——我在阿富汗的所见所闻》，图画书"我和弟弟三部曲"、《世界上最美丽的村子——我的家乡》、《村里来了马戏团》、《沙漠里的驴子》等。

**《从我家可以看到大海》**
〔日〕小林丰／著·绘
林静／译

"我和弟弟三部曲"的第一本。如同一部历史电影，战争无情，但患难中总有真情在。

**《我和弟弟一起走》**
〔日〕小林丰／著·绘
林静／译

"我和弟弟三部曲"的第二本。带领读者走进欧亚交界的国境，看到突如其来的战争给兄弟俩带来的冲击与磨炼。

**《我和弟弟继续走》**
〔日〕小林丰／著·绘
林静／译

"我和弟弟三部曲"的完结篇。战争在继续，但生活也在继续，希望仍在人们心中。

**《沙漠里的驴子》**
〔日〕小林丰／著·绘
林静／译

驴子达达横穿沙漠，经历了死亡，也遇到了新生。成长路上从来不会一帆风顺。

# 遇见那些远方的朋友

高中毕业后，小林丰游历了整个日本，读完大学，他又去了巴黎和伦敦。想返回日本时，因为没有足够的钱买机票，于是决定徒步回家。小林丰经过中东地区到达阿富汗时，那里还未遭受战争的侵袭，他看到许多美丽的风景。等他回到日本后，阿富汗变成了战场，很多人都说那是个非常恐怖的地方。但小林丰不这么认为——他亲眼看到过那个地方有多么美丽，他想把自己看到的呈献给大家。

**魔法象：** 您大学主攻社会学，是什么契机让您与图画书结缘？

**小林丰：** 我出生的时候，日本正处于战败后的混乱期。小时候，我不懂战败意味着什么，也不知道社会混乱有什么危害，所以算是健健康康地长大的。那个年代，西方文化涌入日本，东京每天都在飞速地变化，所以我对外面的世界、不同的文化充满了好奇。从 1969 年起，我开始旅行，有机会看到欧亚大陆上那些充满魅力的地方。我想用画笔传递在旅行中体验到的美，所以决定成为一名画家。

**魔法象：** "我和弟弟三部曲"的创作灵感或者说动机是什么？您还创作了很多以战争为背景的图画书，是想给孩子们传达什么？

**小林丰：** 20 世纪后期，战火蔓延到了那些美丽的地方，其中很多城镇我都去过。当时，我只是一名游客，不太清楚中东地区复杂的民族构成和社会历史背景。以前这些地区很少有人知道，而现在总能听到悲惨的事情屡屡发生的报道。于是，我不得不开始思考"战争"这件事。

后来，我还去过好几次。每一次都发现，战争在不断升级，城镇的面貌、人们的生活不复从前。曾经坐在一起喝茶、说笑的人们，不再是朋友，甚至互为敌人。

想要和平，第一步就是要相互了解、关心，不被了解、不被关注的他者，等于不存在。为了利益

而伤害别人，是可恨也可悲的。为了避免这种事情再发生，我们要好好思考。

我既不是政治家，也不是报社记者，所以只能以一名游客的角度观察，把这些和我一样的普通人的生活记录在心中。我想把这些故事告诉肩负着未来的孩子们，希望能够启发他们思考。于是，我开始创作这几本图画书。

**魔法象：** "我和弟弟三部曲"在日本的出版顺序是《我和弟弟一起走》《从我家可以看到大海》《我和弟弟继续走》，请聊一聊您创作这三本书的整体思路吧。

**小林丰：** 我在旅行中遇到了很多人，他们的经历给了我创作这几本书的灵感和素材。记得第一次遇到他们的时候，他们正经历着《我和弟弟一起走》里的故事。我听他们说过去的生活，再加上我自己看到的，于是创作出《从我家可以看到大海》。《我和弟弟继续走》里的情节是紧接着《我和弟弟一起走》的，也是他们亲身经历的事情。

**魔法象：** 三部曲中的故事发生在什么地方？书里的一些小村庄有原型吗？

**小林丰：** 故事的背景设定在黑海一带的国家。黑海的北岸和东岸有很多小国，它们大多是从苏联独立出来的。在战乱时期，各民族流动性很大，四处漂泊的难民和外出打工的人群流落到黑海周边的小国，因此有了故事里那种不可思议的相遇和交流。

在《我和弟弟继续走》中出现了一个名叫贾巴

战争为什么发生，而是从侧面告诉你，在战争年代人们的生活是怎样的，他们以什么样的态度来面对动荡与不安。比如，"我和弟弟三部曲"中的第一部《从我家可以看到大海》，讲述"我"与家人来到爷爷出生的小镇，开始了新的生活。虽然困难重重，但每个人都满怀希望，认真地生活。而"我"结识了一位来自异国的好朋友——米歇尔，从她的口中，"我"得知她的国家已经不存在了。这个细节透露给读者，战争在很多地方正在发生。

**石：** 小林丰主要想表现的并不是战争有多可怕，而是在战争中人们对美好生活有多么向往，而后者能引起更多人的共鸣。一提到战争，历史课本告诉我们它是权力斗争，是政治博弈，但是小林丰从普通人的角度来看待战争。作品中展现出对人性和日常生活的关怀，告诉我们战争中人与人之间的关系。为什么会有战争？小林丰认为，原因之一是我们缺少对身边的人和对世界其他地区的人的关心。因为你不关心，所以不了解，而不了解就看不见。他说，看不见不代表不存在，他们就在那里，和你我一样，对幸福的生活充满期待。所以他创作这样的作品就是为了让我们看见、了解，然后理解。当我们彼此理解，就会产生共鸣和共情。

**周：** 这触及了文学的一个基本功能——让我们体验日常不会经历的事情，拓宽我们的生活经验，让我们的眼界开阔，了解更广阔的世界。我觉得很宝贵的一点是，小林丰在认真讲述日常生活，甚至可以说他是在记录一些生活中很平淡的事情，但在给孩子看的书中，这是非常必要的一种。这是小林丰作为儿童文学作家的选择和坚持。他没有选择那些看起来很炫的东西，他打动人的是情感，是人文关怀。阅读他的作品，即便是在描写战争，也能够让你感到温暖。

**柳：** 小林丰在此类作品中常用黄色、橙色这些暖色调制造温情。并且，他反复用一些细节来跟我们分享兄弟俩——尤其是哥哥——身上很宝贵的东西。他还让我们看到自然之美，比如花草、果树、远山、夕阳……此外，人性之美也是小林丰着力展现的。在《我和弟弟继续走》中，火车上的人对小朋友的关怀就很暖心。兄弟俩跳火车的时候，别人叫

他们不要跳，其实并不是要抓他们，而是告诉他们那样做不安全。他用这些很朴实的画面和情节，表现着自然和人性的美好。

**周：** 不管是什么样的时空背景，人与人之间的关爱是不变的，人性中的亮光让生活变得美好，充满希望。而这些亮光，往往在人们经历黑暗和苦难的时候显得更加温暖、更加有力、更加珍贵。

**石：** 小林丰的作品中有一点值得注意——他没有去评价战争，也没有直接表达人们生活得怎么样，他只是展现生活的日常状态。他曾说，生而为人，我们就活在日常中，而这个日常就是生活的本质。他把生活的本质表现了出来，所以才能打动我们，让我们觉得平静。因为人活着，最终是为了找到自己内心的平静，在平静的时候才会感到生活真的很美好。

**周：** 书中虽然表现的是一种看上去非常平淡的日常，但其实这个日常非常丰富，正如生活本身。这种对生活多层次的表现来自小林丰的积淀。在《我和弟弟一起走》中有一幅描绘巴士的远景图，画面中有冬日凋敝的树木，有早晨的阳光，还有遛狗的老人，冷和暖同时出现。这种丰富性让故事显得尤为真实，恰恰能够打动人心。无论战时还是和平时期，这都是生活原本的滋味。所以，小林丰其实没有用什么技巧，就是把生活本身写给你看。这是一种涓涓细流式的写作，但具有很强的生命力，会温暖你、感动你。

石：所谓静水流深就是这样。小林丰在情感表达上非常节制，他只是娓娓道来几件事、几个生活片段。我们会感到揪心，但是不会被浓重的悲伤淹没。刚才提到的那幅描绘巴士的远景图没有画出兄弟俩，但是一旁的文字呈现了两个小孩的对话。哥哥为了安慰弟弟，对弟弟说："看，那只长得像小黑的狗，在和我们说再见呢。"接下来的这段话写得特别好："依鲁糖直挺挺地坐着，一句话也不说。我的手被他握得生疼。我也紧紧地握住了他的手。"弟弟感到害怕时，"我"什么也没说，只是握住了他的手，把勇气和希望传递给他，刚好和下面这句话呼应——"这个冬天的早晨，终于开始亮了。"看，不论是风景描写，还是哥俩之间的对话，笔墨都非常节制。

周：这就是小林丰厉害的地方。不宣泄，不渲染，而是轻轻地触碰读者的心。这个画面还有个我们不能忽略的地方，就是在这样一个逃难的早晨，作者竟然没有忘记告诉我们，生活还在继续，岸边的老人和平常一样带着小狗散步。

柳：朱自强老师用四两拨千斤来形容小林丰的创作，我也有这样的感受。小林丰表现的都是"小事"：很平凡的人，很日常的生活画面，很小的镇子。在"我和弟弟三部曲"中，我最喜欢《从我家可以看到大海》，因为他们一家人在很认真地生活。不管是爸爸、妈妈，还是兄弟俩，都特别认真地对待他们的工作和所面临的事情。为了理想的房子，他们一步一步去努力。而且在这样的时候，他们也会交朋友，会请别人来做客。我们看到的画面都是非常美好、非常生活化的，这一点特别打动我。所以在"感动大人的图画书"书单里，我一定会列上这本书。

石：除了聚焦"小"，他也着力表现"同"。他描写了人们很多相同的生活细节，不论我们生活在哪里，都可能有家庭，要做饭，要与人相处。因为他觉得，与差异相比，人与人之间相同的地方要更多吧。

周：他恰恰是借"小"来表现"大"，表现普遍存在的东西，也就是"同"。他是在写这一个人、这一家人、这一个地方的人，同时也是在写属于整个人类的共性。有人在谈到写作的时候说，要写深刻的、伟大的东西，那么就从身边的东西写起；要把近处的东西写得鲜活有力，不妨从远处、大处写起。这是一种巧妙的写作方式，也就是所谓的"四两拨千斤"。

柳：我发现小林丰一个有趣的地方。他非常喜欢"走"，而且喜欢让角色看风景，有意无意在画面中展现"看"的情形，比如《从我家可以看到大海》中孩子从打开的窗户向外看的画面。我想，他应该是希望借此鼓励读者也推开窗户去看外面的世界。他到处行走，也是为了看各种各样的风景。

石：我们写邮件问小林丰，为什么选择这个小男孩作为主人公？这个小男孩是谁？他的回答很简单，恰好呼应你说的"看"。他说，这个小男孩就是我，也是你，是大家。我们既是跟着这个小男孩看世界，也是跟着小林丰看世界。

如果跳出"和平"这个主题，我觉得"走"也是他想传达给孩子的价值观。小时候，小林丰的妈妈常常鼓励他："你去别的镇子玩，看看别人是怎么生活的，再把别的孩子带到我们这里来，看看我们镇上的人是怎么生活的。"妈妈向他传达了出去看世界的必要性，而他也将这种价值观传达给读者。

周：他还传递了一种生活观——我们要有滋有味地生活，即便正经历着苦难，也要尽量看到希望，努力让自己的日子过得好一点儿。就像这三本书里所表现的，在不需要逃难的时候，大家还是会种鲜花，把屋子打扫得干净整洁，偶尔聚在一起嬉戏玩乐，努力活得快乐。

我们很多人缺少的恰恰是这家人表现出来的兴致勃勃，还有他们对生活本身的热情以及永远怀抱希望的乐观心态。现在，因为生活安稳，人们反而没有抓住每一个快乐的机会的紧迫感，不再尽可能让生活变得更加有色彩、更加有滋味。我觉得，我们可以从小林丰的三部曲里发现生活的意义，学到一种珍惜当下的生活态度。

石：是的。这三本书没有写到战争结束。他不知道这些小孩后来怎么样了，但在书中留有希望。所以他的作品结尾经常是开放式的，他说他刻意让书的结尾保持开放，因为开放就可能透出光亮，让读者看到希望。

了，有了色彩，一切都似乎变得没有那么糟糕。被迫与亲人分离的焦虑，一路上遇到的本不该由两个孩子承受的磨难，仅用"一起走"三个字便安抚了。而心里的恐惧与无助，妈妈的杏干就能抚平，因为"杏干里有妈妈的味道"，有家的味道。

在《我和弟弟继续走》中，爷爷的离世使得两个孩子不得不再次面对生存危机，小林丰依旧用平淡的语调述说，但我们读后反而越发心疼他们。无论是爷爷的去世、孩子们的食不果腹，还是对不知还有多久才能见到的爸爸妈妈的思念，每一个情节都看似一笔带过，不在痛苦上多做停留，却总有一抹灰色以不易察觉的方式出现在孩子们身边：装着爷爷遗体的马车是灰色的；和市政府的叔叔撒谎时，灰色的墙占据了大部分的页面；夜晚的餐桌前，灰色更是深深笼罩着两个饥饿的孩子。然而，他们像他们的父母一样，坚强努力地生活着，怀抱着希望。故事的最后，又出现了一片海，它的颜色先由红转绿，直到孩子们看到爸爸妈妈后高举起图画时，海水终于变回那熟悉的、毫无保留的天蓝色。故事到这里结束，而这预示着希望的蓝色，会久久停留在每个人的心里。

"我和弟弟三部曲"中，出现最多的，是温暖人心的明黄色调。尤其是一次又一次令人振奋的狂欢时刻，总有饱满的、浓重的、明艳的黄色毫无保留地散发着光芒：新房建成时，黄色从室外蔓延到

了室内；救援队抵达时，黄色充满整个画面，喜悦的情绪似乎都要溢出来了；新生命诞生时，黄色背景前，马戏团的演员们穿着款式独特、色彩艳丽的服装，让人眼花缭乱；孩子们从火车上跳下后在草地上滚时，黄色从草地里透出来，响应着孩子们的喜悦；村里丰收时，金灿灿的粮食堆得高高的，人们在旁边唱歌跳舞。有时候，黄色出现得并不张扬，却倍显温暖：在挤满逃难的人的广场上，人们慌乱无助，还好有隐隐的黄色灯光亮着；在沙漠里等待救援的夜晚，黄色的火光包裹住众人，抵御寒冷；一路的奔波之后，爷爷家透出的黄色光线，划破夜晚的黑暗，指引着两个孩子。

这一抹抹黄色，照进了每一个人的心窝里，将心填得满满的。就像两个孩子画爸爸妈妈的画像时，即使还未相聚，画面上已有满满的杏花，这心里满满的光芒驱散了战争的阴霾，驱散了分离的恐惧，只包裹住对生活的热爱、对和平的信仰、对美好与幸福的坚持。

"我和弟弟三部曲"是一场色彩的盛宴，在这里，每一抹色彩都卖力地演出。小林丰在绘制时，并没过分调和原色，而是大量运用高饱和度、高纯度的色彩，让每一种颜色都显得那么纯粹。我想，这种纯粹也能在每一个饱受战争之苦，却依然努力生活的人的内心找到吧。即便生活被灰色笼罩，也要用力地拥抱自己心中的色彩。